© 2014 Éditions NATHAN, SEJER, 25 avenue Pierre de Coubertin, 75013 Paris
Loi n°49-956 du 16 juillet 1949 sur les publications destinées à la jeunesse,
modifiée par la loi n°2011-525 du 17 mai 2011
ISBN : 978-2-09-254896-7
N° d'éditeur : 10221153 – Dépôt légal : février 2014
Achevé d'imprimer en décembre 2015 par Pollina (85400 Luçon, France) - L74664B

Susie Morgenstern

la famille trop d'filles

Gabriel

Illustrations de Clotka

un

Ce n'est tout de même pas sa faute si Gabriel est né après six filles et que ses aînées le chouchoutent, le protègent… et l'étouffent ! Parce qu'il étouffe pour de vrai : il a du mal à respirer et ne sort jamais sans ses médicaments de secours. Heureusement, ses parents, eux, le laissent tranquille. Sauf quand ils l'emmènent chez l'allergologue qui lui fait des piqûres. Ou quand ils insistent au téléphone pour qu'il fasse ses inhalations, qu'il prenne bien tous ses comprimés et qu'il dorme plus que ses sœurs.

   Il a de la chance que tout le monde lui fasse confiance et qu'on ne soit pas toujours sur son dos. Car, la nuit, Gabriel mène une vie secrète : il lit. Bon, il ne s'en vante pas, mais ça a fini par se savoir quand même à la maison. À force de suivre le texte des albums qu'on lui lit, il a appris tout seul.

Peut-être qu'il est surdoué, ou simplement stimulé par toutes ces filles qui l'entourent. S'il ne veut pas s'étendre sur le fait qu'il sait déjà lire, c'est surtout à cause de Flavia. Elle se comporte avec lui comme avec un ennemi juré. Elle ne supporte pas qu'il soit en avance sur elle. Lui, il l'aime, cette peste. C'est elle qui le déteste ! Juste parce qu'à défaut de pouvoir être fille unique, Flavia aurait au moins aimé être la petite dernière. Mais lui, il n'y est pour rien !

La nuit, quand Gabriel ne lit pas, il ne rêve que d'une chose : devenir footballeur. À l'école, avec ses copains, il joue tout le temps au foot ! Enfin, autant que ses allergies le lui permettent…

Tout le monde sait qu'il est passionné de foot, mais ça non plus, il n'en parle pas trop. Sinon, ses sœurs se moquent de lui en le traitant de macho. Et ses parents lui expliquent que c'est un métier pour les écervelés ou les brutes, et que ce n'est pas fait pour lui.

De toute façon, même lui a du mal à y songer sérieusement : lorsqu'il s'imagine en train de jouer pour une grande équipe, il se voit aussitôt obligé d'interrompre sa course pour tousser, cracher, se moucher, avec le nez qui coule, les yeux qui pleurent et le souffle coupé. Son rêve commence à peine qu'il est déjà presque brisé.

Mais ce qui tracasse le plus Gabriel en ce moment, ce n'est pas le foot, c'est sa maîtresse. Autant il adorait celle de moyenne section, autant il déteste celle de cette année. Parmi toutes les filles et les femmes qui l'entourent, il n'y en a aucune qui soit aussi méchante qu'elle. Il est tombé sur la pire des sorcières. Quand il tousse, elle s'écrie : « Mais tu le fais exprès ! Retiens-toi, un peu ! » Et quand il lui explique qu'il est allergique aux acariens, elle lui répond : « Les acariens n'existent que dans ta tête. »

Gabriel ne veut plus aller à l'école. Sauf qu'il ne sait pas bien où il pourrait aller à la place. On ne le laisserait jamais rester tout seul à la maison et il fait trop froid pour rester dehors.

Il a l'impression que la maîtresse s'acharne sur lui.

C'est vrai qu'il est tout le temps malade. Quand elle explique un exercice, il tousse. Quand elle lit un poème, il renifle. Et quand les autres chantent, il éternue. Il comprend que ça la dérange et qu'elle finisse par en avoir assez. Mais qu'elle craque comme ça et qu'elle le mette au coin… ce n'est vraiment pas juste ! Les allergies, ce n'est déjà pas marrant, alors s'il faut supporter les humiliations de la maîtresse en plus…

deux

Aujourd'hui, Gabriel a encore moins envie d'aller à l'école que d'habitude, car c'est son anniversaire !

Pourtant, à la maison, tout le monde lui a préparé des surprises pour lui donner de l'entrain. Billy s'est levé exprès pour lui et lui a concocté un petit déjeuner spécial. Il avait même prévu de lui verser un peu de café à la place du jus d'orange en disant : « Tu grand maintenant ! *Drink up !* ». Mais, heureusement, Anna l'en empêche :

– Billy, il est trop petit !

L'aînée se lance ensuite dans un duo avec Bella pour lui chanter «*I love you, yeah, yeah, yeah !*» à partir de la chanson des Beatles. Elisa, elle, lui montre une chorégraphie sur l'air de « Joyeux anniversaire, mes vœux les plus sincères ». Juste au moment de partir, Flavia lui souhaite même « Joyeux anniversaire », ce qui n'est pas si mal…

Quant à Cara et Dana, elles lui ont fait

un gâteau pour qu'il l'apporte en classe, comme le veut la tradition.

Mais ça ne suffit pas à Gabriel. Il n'a pas envie d'y aller. La maîtresse va lui gâcher la journée : elle va faire la tête pendant la fête. Et puis on va encore lui chanter ce « Joyeux anniversaire » ridicule. C'est la même chanson tout le temps, depuis toujours ! Ça suffit ! Pourquoi ne peut-on pas en inventer une autre ?

Heureusement, ce matin, c'est Bella qui l'accompagne. Elle l'embrasse à sa façon, distraite et rêveuse. On a toujours l'impression qu'elle est dans son monde, avec des oiseaux et des papillons plein la tête. De toutes ses sœurs, c'est elle que Gabriel préfère. Il l'aime tellement qu'elle l'a à peine laissé devant le portail de l'école qu'elle lui manque déjà.

Il vient d'arriver, mais il n'a qu'une hâte : rentrer chez lui. Surtout que, ce soir, ses parents rentrent exprès pour son anniversaire et qu'ils resteront au moins une semaine !

Soudain, Gabriel a une idée pour que sa journée se passe le mieux possible avec sa maîtresse : il va faire comme si tout allait bien ! Comme si son institutrice ne l'énervait pas. Comme s'il ne la gênait pas. Il va sourire tout le temps, s'appliquer en classe et se retenir de toutes ses forces pour ne pas tousser. Il a suffisamment aidé Cara à apprendre ses rôles pour savoir comment s'y prendre pour jouer un personnage. Il fera semblant d'être content. Il entend Cara lui conseiller : « Imagine que tu es un petit garçon heureux. Laisse-toi porter ! »

trois

Gabriel se glisse dans la peau d'une star de foot et entre dans la classe comme un champion qui vient de remporter la Coupe du monde de football. Il s'y croit tellement qu'il est aux anges et sourit jusqu'aux oreilles. La maîtresse lui sourit aussi. Gabriel est obligé de se pincer pour s'assurer qu'il ne rêve pas.

Dana a dessiné un beau ballon de foot avec le chiffre 6 sur le gâteau. Gabriel le place soigneusement sur le bureau de son institutrice. Il pose aussi les serviettes et les assiettes en papier, décorées de plein de ballons.

– Bon anniversaire, mon grand ! lui souhaite la maîtresse. On fera la fête à la fin de la journée.

Puis elle demande à tout le monde de sortir son cahier de vie. Chouette ! Gabriel adore coller des photos et dessiner ce qui lui est arrivé dans ce cahier.

Au début de l'année, il avait mis des photos de chacune de ses sœurs. Après, il les avait présentées une par une à toute la classe. La maîtresse s'était impatientée. Elle avait déclaré qu'il avait pris trop de temps et qu'il fallait qu'il apprenne à faire plus court.

– Mais c'est impossible, j'ai bien trop de sœurs !

– Alors, tu aurais dû n'en choisir qu'une. La prochaine fois, tu nous parleras d'autre chose, de plus simple.

La maîtresse connaît bien les sœurs de Gabriel, puisqu'elle les a eues en classe avant lui. Ce qu'il trouve incroyable, c'est qu'elles l'ont toutes adorée ! Il faut croire que son institutrice préfère les filles… Même Flavia, qui déteste pourtant tout le monde, lui a affirmé qu'elle avait aimé cette chipie de maîtresse. Mais il la soupçonne de lui avoir dit ça rien que pour l'embêter.

Depuis son exposé sur ses sœurs, Gabriel veille toujours à faire court. Aujourd'hui, il a décidé de parler du célèbre footballeur dont il a collé la photo dans son cahier. C'est une star du Manchester United. Grâce à Billy, Gabriel prononce parfaitement le nom de cette équipe. La maîtresse le félicite :

– Très bien, Gabriel !

Elle a sans doute choisi de se montrer gentille pour son anniversaire…

Pendant presque toute la journée, Gabriel réussit à ne pas tousser ! Mais au moment de couper le gâteau, il est pris d'une violente quinte de toux. La maîtresse s'inquiète, parce qu'il a l'air de s'étouffer et qu'il vire au vert. Au lieu de lui crier dessus comme d'habitude, elle essaie de le calmer en lui passant un bras autour du cou. Elle a vraiment décidé de faire des efforts aujourd'hui ! Gabriel n'en revient pas.

Ce qu'il ne sait pas, c'est que son institutrice a discuté de ses allergies avec un médecin. Celui-ci lui a expliqué que ça ne se passait pas seulement dans la tête des gens et que ça pouvait même franchement leur gâcher la vie.

Et Gabriel n'est pas au bout de ses surprises : sa maîtresse lui offre un cadeau !

– Un porte-clefs avec un ballon de foot miniature ! Merci, dit-il.

Et il l'embrasse pour la remercier. Ça y est : il l'adore.

C'est la première fois qu'il est aussi content en sortant de classe. Il a hâte de raconter sa journée à ses sœurs… mais celle qui doit venir le chercher n'est pas encore arrivée. Le vendredi, c'est Anna. C'est bizarre, elle est toujours à l'heure d'habitude… Dans la cour, Gabriel patiente avec les derniers enfants, qui attendent leurs adultes « attitrés ».

quatre

Pendant ce temps-là, Bella, Cara, Dana, Elisa et Flavia arrivent devant leur maison. Elles attendent Anna et Gabriel en bas pour rentrer tous ensemble à l'intérieur. C'est leur petit rituel. Aujourd'hui, c'est à Flavia d'ouvrir la porte et elle commence à s'impatienter. Anna finit par arriver avec Martin, son copain d'école… mais Gabriel n'est pas avec eux !

Anna cherche son petit frère des yeux.

— Mais… tu n'es pas allée chercher Gabriel, Cara ?

— C'était ton tour ce soir ! rétorque sa sœur.

— Oh, non ! J'ai complètement oublié Gabriel !

Elle a suivi Martin comme d'habitude, sans réfléchir. Mais le petit frère de Martin est malade, et du coup il n'est pas allé le chercher à l'école.

— Tu deviens complètement gaga ! lance Dana.

— On ne peut vraiment pas compter sur toi ! gémit Bella, qui commence à paniquer.

Anna n'en revient pas du culot de ses sœurs. Dire qu'elle passe sa vie à s'occuper d'elles ! Et voilà qu'à la première erreur elles se retournent contre elle ! Mais ce n'est pas le moment de se disputer : Gabriel est peut-être en danger !

Affolée, Anna se précipite vers l'école maternelle, suivie de près par Martin. Les autres sœurs restent clouées sur place. Et si leur petit frère chéri avait disparu pour toujours ? Cara tient fort la main de Bella. Flavia a le visage fermé. Et Dana réconforte Elisa, qui éclate en sanglots.

Juste au moment où Anna vient de disparaître au coin de la rue, comme si de rien n'était, Gabriel fait son apparition de

l'autre côté du pâté de maisons. Ses sœurs le regardent comme s'il était la huitième merveille du monde.

— Tu es rentré tout seul ? s'étonne Cara.

— Oui. J'ai attendu un bon moment, mais comme personne ne venait, je me suis dit qu'il valait mieux que je me débrouille sans vous.

— Bravo ! le félicite Elisa en séchant ses larmes.

– Tu as bien fait ! Anna est totalement dans la lune ! s'exclame Dana.

– Tiens, la voilà, justement ! On n'a qu'à lui donner une petite leçon… propose Flavia.

Elle fait signe à ses sœurs de se placer devant Gabriel pour le dissimuler. Anna arrive peu après, à bout de souffle. Elle est dans tous ses états :

– Il faut… appeler la police ! Gabriel… a disparu ! Il n'y a… plus personne à l'école. Même… sa maîtresse est partie !

Le petit dernier de la famille Arthur ne veut pas faire souffrir son aînée plus longtemps. Il sort de derrière son bouquet de sœurs.

– Coucou, Anna !

– Gabriel ! Oh, ce que j'ai eu peur ! sanglote Anna.

Elle le serre dans ses bras.

– Je suis vraiment désolée !

– C'est pas grave.
– Mais comment tu as fait pour rentrer ?
– Ben, tout seul. C'était pas difficile !
– Tu es vraiment un petit frère génial ! Tu ne diras rien aux parents, s'il te plaît ?
– Surtout pas ! promet Gabriel.

cinq

À LA MAISON, Gabriel reçoit six fois six baisers sur chaque joue. Puis il est acclamé, fêté, gâté. Il a droit à un goûter royal… et à une énième version de ce « Joyeux anniversaire » débile. Et ce n'est pas la dernière fois qu'il l'entend ! Ses parents arrivent à l'heure du dîner et l'entonnent à leur tour, avant de lui offrir le cadeau dont il rêvait : un baby-foot !

– Mais qui va jouer avec moi ? Je suis le seul à aimer le foot dans cette famille !

– Moi ! propose Flavia.

C'est le plus beau cadeau qu'elle pouvait lui faire.

Le dîner est très joyeux. Chacun raconte une anecdote de sa semaine. Seule Anna reste silencieuse.

– Qu'est-ce que tu as, mon Anna ? lui demande sa mère.

La grande avoue tout à ses parents :

– C'est terrible : j'ai oublié Gabriel à l'école aujourd'hui ! Il aurait pu lui arriver n'importe quoi ! Maintenant, tout le monde me déteste. Et le pire, c'est que moi aussi, je me déteste !

– Quoi ! s'exclame sa mère. Mais comment tu as pu faire une chose pareille ?

Devant la mine désespérée de son aînée, elle se radoucit un peu.

– C'est vrai que c'est grave, et que ça aurait pu mal se finir. Mais, heureusement,

ça s'est bien terminé. Et à l'avenir, tu feras plus attention.

— Tu sais, ajoute son père pour la consoler, le rôle des grands, c'est d'apprendre aux enfants à devenir autonomes. Finalement, grâce à toi, Gabriel a appris à trouver son chemin tout seul.

— Mais je le connaissais, le chemin ! proteste celui-ci, fier de s'être débrouillé comme un grand. Je pourrais le faire tous les jours !

– Pas avant le CM1 ! décrète sa mère.

« Eh ben, c'est pas gagné ! » pense Gabriel.

Il va devoir attendre longtemps pour avoir le droit de faire tout seul les trois cents mètres qui séparent sa maison de l'école. Dire qu'il se voyait déjà à vingt ans en équipe de France ! Et si le CM1, c'est encore loin, autant dire que ce n'est pas demain la veille qu'il sera sélectionné dans l'équipe nationale ! En attendant, il pourra toujours se consoler avec des livres sur son sport préféré…

Après tout ce qui s'est passé ce jour-là, Gabriel a du mal à s'endormir. Et il n'est pas le seul. Bella s'est levée sans bruit pour aller lire aux toilettes. Quand elle aperçoit le filet de lumière sous la porte de son frère, elle entre dans sa chambre et le prend en flagrant délit… de lecture !

– Mais… tu lis à cette heure-ci ?
– Maintenant, tu connais mon secret…
– Tu sais, tout le monde connaît ton secret ! Depuis quand tu lis comme ça ?
– Pas si fort ! chuchote Gabriel. Depuis longtemps !
– Alors, pousse-toi, murmure Bella. J'ai oublié de te donner ma carte d'anniversaire. Lis-la.

Tu es né, et ça a été la fête…
Tu es vivant des pieds à la tête.
On boit à ta santé,
Tu seras toujours notre bébé.
Tu souffles tes bougies,
On t'offre un grigri,
Des bisous à gogo,
Et dix mille bravos.

– Bella, dit Gabriel dans un sourire, tu es bien meilleure que celui qui a écrit ce « Joyeux anniversaire » débile.

Il fait une petite place à sa sœur, et elle se glisse près de lui. Après avoir lu quelques pages, ils s'endorment côte à côte.

Table des matières

un

.... 7

deux

.... 15

trois

.... 21

quatre

.... 29

cinq

.... 37

Susie Morgenstern

Susie a grandi dans une famille de filles, mais jamais TROP de filles. En plus, elle a des filles ! Et des petites-filles ! Née aux États-Unis, elle a émigré en France et elle écrit en français (peut-être trouve-t-elle le français plus féminin ?). Elle a l'impression de bien comprendre les filles. Pour elle, un garçon c'est un extraterrestre !
Elle est la plus heureuse quand elle est chez elle, à Nice, en train… d'écrire !

Le titre La Sixième *de Susie Morgenstern, est publié aux Éditions de l'École des Loisirs.*

Clotka

Clotka est née dans la formidable campagne picarde, mais elle vit à Paris depuis l'âge de 10 ans. En 2005, étudiante à l'EPSAA, avec ses camarades de promo, elle lance le blog *Damned*, première étape qui la conforte dans son désir de faire de la bande dessinée. En 2009, elle publie sa première BD, *Les équilibres instables* avec Loïc Dauvillier (Éditions Les Enfants Rouges).
Parallèlement elle réalise des illustrations pour la presse et l'édition jeunesse.

DÉCOUVRE UN AUTRE TITRE DE LA COLLECTION

Anna

Une série écrite par Susie Morgenstern
Illustrée par Clotka

« Dans la famille Arthur, il y a sept enfants (...). Comment les parents font-ils avec tous ces enfants ? (...) C'est Anna, l'aînée, qui a changé les couches de Bella, la deuxième, qui s'est occupée de Cara, la troisième, qui elle-même a pris soin de Dana, la quatrième, en charge d'Elisa qui veille désormais sur Flavia qui, pour sa part, garde un œil sur Gabriel, le petit dernier.
Et puis, les parents ont aussi embauché Billy, le baby-sitter irlandais, le plus récent d'une longue série de nounous. »

Mais Billy fait souvent appel à Anna pour le seconder. L'aînée de la famille se retrouve ainsi avec beaucoup trop de responsabilités...